KB073851

빛을 보게 하소서

빛을 보게 하소서

노을진
시집

좋은땅

생애 첫 시집을 발간하며

나의 한때 학창 시절에 시로 숨을 쉴 수 있었던 아름다운 지난날을 추억해 본다 그때 나는 시를 참 사랑했다 내가 사랑한 만큼 시는 나에게 말을 건네었고 시로 나는 숨을 쉴 수 있었다

먼 훗날 나는 시가 건네는 말을 하고 싶었다 누군가에게 삶의 여운을 남기는 찬란한 빛과 같은 아름다운 말을 하고 싶었다 그런 마음을 품고 지금까지 달려온 모든 세월의 수많은 시간들을 지나 그 시는 어느덧 나에게 한달음에 달려와 시집이라는 예쁜 꽃을 건네고 있는 것만 같다

나에게 허락하신 신의 마음과 모든 뜻이 나에게 다가

온 것만 같아서 너무 감사를 드리며 모든 영광과 기쁨을 나는 내가 사랑하는 시와 함께 나의 신에게 모든 것을 진정 전하고 싶을 뿐이다

'하늘의 신이시여, 당신의 뜻을 나에게 전하여 주심을 감사합니다 이 못난 자가 어찌 당신의 말을 하겠나이까 그러나 저로 인해 심령이 상한 자들이 위로와 치유를 받게 하시고 앞을 제대로 볼 수 없는 자들이 앞을 볼 수 있기를 진정 원합니다 저는 당신의 뜻을 믿어 의심치 않습니다 우리 앞에 놓여진 수많은 감정의 벽을 허물게 하시고 우리가 진정 바라보아야 할 빛을 바라보게 하시며 우리가 진정 나아가야 할 곧은 길을 걷게 하여 주옵소서'

우리의 삶 가운데 이루고 있는 모든 헛되고 어긋난 모습들이 어쩌면 당신의 마음을 부여잡은 추한 감정들 때

문이 아닐까요 그런 감정들이 이끄는 험한 곳으로 가기
보다는 우리 안에서 아름답게 빛나고 있는 밝은 빛을 진
정 바라보길 원합니다

　이 시집은 바로 우리 안에서 휘몰아치는 미움과 분노
의 감정과 같은 거칠고 모진 감정들과 뭔가 어둡고 음침
한 감정들로부터 안전하게 벗어날 수 있는 길을 제시하
는 시집이다 우리에게 해를 끼치는 그런 감정들을 떨치
려 해도 쉽게 떨쳐 버릴 수 없는 상황일지라도 우리의 감
정 선을 잡아주는 빛의 길로 나아가는 것을 멈추지 말아
야 한다 모든 것은 내가 결정해야 할 나의 몫인 것이다
자신을 통제할 수 없는 어느 한곳에 너무 치우쳐 있지도
말고 고뇌에 찬 모습으로 정처 없이 방황하지도 말아야
한다 우리가 빛을 바라보며 살아갈 때에 진정 빛의 열매
를 맺을 수 있는 것이다

나의 생애 첫 시집을 발간하며 이 시집을 통하여 수많은 독자들의 모습들이 당신의 존재 가치를 결정짓는 데 좋은 길이 되고 좋은 빛이 되기를 소망한다 사실 저도 빛의 열매를 맺기 위해 항상 마음을 가다듬고 노력하는 부족한 사람에 불과하다 다만 그 길을 여러분과 함께 걷길 원할 뿐이다

　　　　　　　　　　　　　　　어느 가을 무렵에
　　　　　　　　　　　　　　　노을진 씀

목 차

분노에 관한 시 3

희망에 관한 시 8

1

착각에 관한 시

검은 눈동자

암흑으로 가득한
흐려진 시선으로 나를 주장한다
무어라 지칭할 만한
확실한 어떤 근거도 없이
그는 나를 자신의
캄캄한 눈빛 속에 가두려 한다

무서우리만큼 각인된
그의 모든 깨어진 생각들이
온통 나를 일컫는다
어찌 보면 한없이 무모한 태도로
냉정하게 활을 당기는 듯
그의 눈동자는 매우 칠흑 같다

어디선가 나를 향해
적나라하게 외치는 시선에
찢겨진 나의 옷가지들

더 이상 깨끗할 수 없는 것인가
이 더러워진 옷들을
나는 어디에서 씻어야 하나

의자들이 부르짖는 맹렬한 소리

모처럼 다녀온 고달프고 긴 여정
나의 어깨에 쌓인 심히 무거운 짐들은
창밖 풍경이 내다보이는 빈 의자에 놓여 있다

울려오는 열차의 기적 소리와 함께
나의 마음의 고통을 잠재울 거라 믿었지만
성가신 의자소리에 파고드는 괴로움

어디선가 나를 향해 들여오는 작은 함성들로
거센 바람처럼 부르짖는 의자가 되어
의자가 아닌 나를 지명하여 나를 괴롭힌다

그들의 함성은 시간이 흘러 커져서
삐걱거리는 맹렬한 소리로 나를 원망하고
의자가 저지른 잘못을 내가 고스란히 받는다

16

알 수 없는 곳으로

바람에 실린 감춰진 무언가가
그대에게서 찾아와 나의 눈은 흑암에 놓여 있다
어떤 윤곽이 보이는 듯하면서 아닌 듯한
어떤 형체를 알 수 없는 참된 모습과 뒤섞인 듯한
그대의 가증한 모습이 흐릿하게만 보인다
그대는 왜 나를 노려보고 있는 것인지
뿌옇게 흐려져 있는 확신에 찬 허상이 보인다
이렇게 한 치 앞도 보지 못하는 무익함에
충격을 금치 못하여 혼란스런 생각이 엉켜졌다
언제까지 내가 속절없이 가려진 것의
알 수 없는 곳으로 끊임없이 가야만 하는가
신이시여, 내가 환한 빛을 보게 하소서

덫에 걸리다

길목 어딘가에 세워둔 소리가
잊혀진 기억 속에서 희미하게 되살아난다

늘 자신의 손아귀에서 정적을 깨우던
기억 속 그대가 이제는 나를 향해 미소 짓는다

언제 그랬었냐는 듯이 사뭇 다른
그대의 모습에 애써 웃음지어 보려 한다

아무리 생각해 봐도 그대는 길목에서
나를 모해하던 시끄러운 소리처럼 보일 뿐이다

심중에서 나를 호령하던 생각들이
저쪽 언저리에 있는 그대에게 아우성친다

더 이상 그대를 믿지 못하여 뼛속까지
깊이 사무쳐 있는 불순한 것이 그대를 허물한다

나의 호의를 잠시 거스르지 않았던
그대가 이제는 자신의 척도로 나를 나무란다

너무도 아프고 힘든 시간이 그대에게서
홀연히 찾아와 나를 겨냥한 고통에 몸부림친다

도대체 내가 무얼 잘못하여 이토록
내가 힘들까 하니 내가 놓은 덫 때문이었다

부메랑을 던지는 사람들

추종을 불허할 만한
성가신 일들이 하나의 몸짓으로 정곡을 짚었고
통제할 줄 모르는 무례하고
격렬한 행동들이 이미 그들의 손에 있다

내 앞을 기웃거리는 것이
이미 다른 곳으로 향하고 있는지도 모르는 듯
그들은 치밀어 오르는 분노로
맑은 허공을 향해 부메랑을 힘껏 던진다

나에게 다시 돌아올 것을
그들은 아는지 모르는지 그따위 헛된 것에
어쩌면 나와 모든 사람들이
허공으로 부메랑을 던지는지도 모른다

눈에 띄지 않는 것

그와 나눈 대화 속에
자취를 감춘 참된 모습이 묻혀 있다
더 이상 입증하기 힘든
모호한 생각들로 흠뻑 가려진
그런 모습으로 남아 있다
아무리 찾아보아도
나사렛 예수의 모습은 없다
진실로 내가 찾고 싶은
그런 모습들은 눈에 띄지 않는다
도대체 어디로 사라졌나
내가 이토록 찾는데
옷깃을 여민 진실된 모습은
나의 눈에 띄지 않는다

무너지는 집

그와 나를 잇는 집
푸른빛을 띠게 하는 희망적인 집

그의 뇌리에 꽂힌 잔여물이
그의 입에서 나와
나의 집에 점점이 박혔다

금시에 균열이 생긴
나의 집이 조금씩 무너지고 있다

대궐 같았던 나의 집이
그가 던진 혀의 말에 이제는
와르르 무너졌다

당신에게 가리우다

나의 어두운 내면을
속속들이 비추던 당신의 찬란한 말들과
아름답게 빛나는 선량한 자태에
죽어가는 나의 영혼을 살게 하셨고
늘 나와 만인의 총애를 받는 대상이었습니다

어느 순간 당신에게서
환하게 전해 오던 빛이 어두운 비구름에
가려져 당신은 나를 볼 수 없었고
저 또한 당신의 빛을 전혀 받지 못해
저의 얼굴에는 어두운 그림자가 덮혀졌습니다

저에게 내려진 것이
정체를 알 수 없는 누군가의 속삭이는
날 선 말에 음모와 모략들이라면
그로 인해 저는 당신에게 가려졌고
저의 마음은 슬프고 아픈 서리 찬 아침입니다

미로를 걷는

내 지갑 속에 있던 것이
어느 순간 흔적도 없이 사라지고 없다
아무리 기억을 더듬어 보아도
그가 말하는 엇갈린 길만이
내 눈앞을 가로막고 있을 뿐이다
분명히 방금 전까지만 해도
내가 다 아는 길이었는데
지금은 굽이진 미로를 걷는다
그도 내가 말한 길들에
갈피를 잡지 못하는 듯하다
이렇듯 우리가 찾는 것은
어떤 길에도 전혀 없고
끝없는 미로를 걷는 너와 나

2

미움에 관한 시

다툼이 출렁이는 바다

나의 목전에서 일어난 일은
나의 심연에 떨어져 있다
정숙의 모습이라곤 볼 수 없는
어느 바다의 말라버린 이야기들이
가당치 않은 소리로 출렁이고 있었다
그의 에메랄드 빛 화려한 의복은
과연 누군가에게 수치를 당하고 있는가
언제까지 그는 목이 곧은 모습과
뻔한 거짓말로 악명을 떨칠 것인가
육지에 홀로 남겨진 얼룩진 조약돌 하나에서
한 영혼을 속박하는 비극이 극명하게 새겨졌다
옳고 그름은 한낱 조개껍질에 불과한 것처럼
온갖 모함하는 말들과 누군가를 극도로
미워하는 마음들이 이제는 나의 바다가 되었다
그런 바다에서 이제는 점차 멀어지고 싶다

바람의 힘

서로에게 끼친 이름들이
날마다 하늘을 가로지르고 있다
점점 거세지는 위력을 갖춘
맹렬한 바람의 힘이 소용돌이친다

모든 것을 허물어뜨리는
너와 나의 엄청난 힘이 몰아친다
막을 수 없는 놀라운 기세로
펼쳐진 하늘로 날마다 솟아오른다

주위에 널브러진 이름들
영혼을 앗아갈 너와 나의 적의다
하늘을 향해 목청을 높이는
세차게 휘몰아치는 바람의 힘이다

나를 짓누르는 미움

그는 내 마음 구석진 곳에 숨어 있다
아무도 발길 닿지 않는 어둡고 삭막한 그런 곳에
그는 항상 웅크리고 앉아 있다

누군가의 멱살이라도 잡으려는 듯이
두 눈은 항상 부릅뜨고 있고 두 주먹은 항상 불끈
쥐고 있다

그의 몹쓸 생각들은 누군가에게 상처를
입히고 누군가에게 피해를 끼치는 것들이며
누군가의 몰락을 바라는 것들이다

간혹 그는 나에게 과거를 여닫는 언어로
누군가에게 억압받은 억울하고 분한 기억들을
잠시 들춰내곤 한다

그리고는 나에게 누군가에게 괴롭힘

당한 지난 시간들이 얽힌 그의 음침한 손을
붙잡으라고 나를 유혹한다

그의 손을 붙잡는 순간부터 나는 그의
마음을 품게 되고 타인에게 뭔가 거침없이
행하려는 그의 잔인함을 알게 된다

또한 눈엣가시처럼 누군가를 몹시
경멸하게 되고 이글이글 불타오르는 격렬한
분노의 늪으로 항상 나를 이끌게 된다

그런 그의 걷잡을 수 없는 앙심으로 인하여
마치 그가 나의 목덜미를 짓누르고 있는 것처럼
몹시 숨이 가쁘고 정신은 혼미하기만 하다

더 이상 이렇게 나를 돌볼 겨를도 없이 격한
감정들로 더럽혀진 그의 옷을 입은 내 모습이

오히려 더 초라하게만 느껴진다

이제는 맹렬한 악의로 혈안이 되어 있는
그의 눈을 쳐다보지도 말고 그의 손을 붙잡지도
않는 것이 내가 진정 사는 길이라 믿는다

가시를 감싸다

좀처럼 사라지지 않는
어둠 속 가시들이 내 안에 머물러 있다

날카롭고 뾰족한 자태로
내 안에서 모습을 드러낸 가시들이
나의 마음을 빼앗는다

온갖 가시 돋친 말과 행동으로
손을 뻗어 가시를 감싼다

옷자락만 스쳐가도 쉽게 찢어지고
쉽게 상처가 날 만한 그런 가시들을 나는
가슴에 안고 살아간다

여기저기 긁히고 찔린 채
나에게 못질하는 가시를 감싼다

너에게 있는 조각 나에게도

너에게 있는 조각 나에게도 있고
나에게 있는 조각 너에게도 있다

너와 내가 잠시 잊어버린 모습들이 있다
하늘이 금한 것을 버리지 못한 모습들이
나에게 있지 않고 너에게만 가득 보인다
왜 우리는 타인의 조각만 부서져 있는가
너와 내가 남긴 미움의 조각은 잊었는가
더 이상 그런 혐오스러운 모습은 버려라

너에게 있는 조각 나에게도 있고
나에게 있는 조각 너에게도 있다

불들의 반란

누군가가 나를 표현하는 옷차림으로
수많은 사람들 앞에 불을 지르는 듯하다

자기만의 어떤 독선에 빠진 모습으로
그가 걸친 옷차림은 분명히 내 모습과 같다

아무리 감정을 없애려고 노력해 보아도
그가 던진 불은 내 안에서 끊임없이 타오른다

길을 가던 중 극한의 상황에 놓여버린
그런 모습으로 나의 불은 그를 계속 좇는다

끝내 그 불은 그에게로 가서 옮겨붙고
그에게 옮겨붙은 그 불은 타인들에게 붙었다

바람을 타고 하나둘씩 옮겨붙은 불은
그의 형체를 가진 저마다의 모습을 갖췄다

자신을 위한 눈이 밝아져 그를 감싸는
수많은 표현으로 나에 대해 낱낱이 타오른다

그야말로 나의 심장에 깊숙이 파고든
뼈아픈 언어들로 둘러싼 불길이 치솟는다

여기저기 뜨거운 불길에 휩싸여 있는
원치 않은 모습을 한 너와 나는 그을려 있다

너와 나의 불들로 인해 혼란에 빠져서
미움을 살 수밖에 없는 그런 모습으로 남았다

서로에게 던지는 격렬한 불들로 인해
어쩌면 헐벗은 몸으로 진을 치고 앉아 있다

어둠이 자라는 시간

어딘지 모를 어둠의 시간
서서히 썩어 들어가는 어둠의 시간

누군가의 어둠의 싹을 틔운
그런 수많은 시간들이 곳곳에 자란다

스스로 억제하지 못할 시간과
이미 틀어진 어둠의 시간들이 잠재되어

남루한 옷을 입은 시간들이
빛이 닫힌 어둠으로 한없이 자란다

무르익은 어둠을 맞이한
그런 악순환의 시간들에 속한

음침한 길

어디선가 귀에 익은 듯한
조심스런 말투가 들려오는 길
어쩌면 아무런 기억조차 나지 않는
음부에 처한 어떤 저명한 인물들인 것인가
아니면 좀처럼 헤어나오지 못하는
어떤 참소하는 혼들인 것인가

셀 수조차 없는 그들의 소리에
잠시 나는 상상도 못한 비옥한 결핍이 된다
언제까지 그들은 독을 머금고 있는가
이토록 나에겐 메마른 가뭄이 찾아왔는데
진노를 부르는 잔인한 입술들은
한없이 누군가의 피를 흘리고만 있다

향기를 남기자

크고 작은 일로
이름 모를 누군가의 꿈같은
상처들이 맺혀 있다
억지웃음과 편치 않은 면모를 갖춘
짙고 어두운 꽃잎들로 된
수많은 기억들이 물씬 풍긴다
더 이상 그런 상처들에
계속 얽매이고 싶지가 않다
이제는 마음을 터놓고
잊고 있었던 향기를 남기고 싶다
삶의 여운과 진심이 녹아든
꽃향기를 남기고 싶다
초록의 향기가 깊이 묻어나는
그런 향기를 남기자

잎이 지다

너와는 아무런 관련이 없는
나의 입술의 허물이 너의 눈 속에 스친다
마치 외풍에 떨어지는 나뭇잎처럼
색이 바랜 싸늘한 눈빛으로 나를 바라본다

작렬하는 태양에 나의 잎들은
서서히 시들어만 가고 점점 더 옅어진다
끊임없이 불어오는 너의 시선들로
나의 하늘을 찌르고 나의 잎에 얼룩져 있다

너와 나의 지상에 떨어진 건
서로의 잘못된 관계 속에 엉킨 잎들이다
척박한 환경에서 검은 반점을 띤
나의 푸른 잎들이고 너의 메마른 잎들이다

타인의 손길을 맞잡은 나지만
너의 눈엔 나의 입술의 말들이 가시였다

그리하여 돌연 멈춘 움켜진 빛들은
극에 달한 갈등의 잎으로 우수수 떨어졌다

악이 시작되는 곳

당신의 마음을 이끄는
어느 누군가의 깨진 발자국들이
악을 꾀하는 그곳에 있다
비틀린 모습에 수많은 죄들이 숨 쉬는
당신의 더럽혀진 그곳에 있다

까맣게 탄 닫힌 마음은
이미 혹한의 굽은 길에 놓여 있고
당신의 뇌리에 꽂힌 파편은
썩어가는 당신의 걸음을 이끌어 간다
악이 시작되는 어둔 그곳에서

+. *⋅ₓ 3 *⋅ₓ.+

분노에 관한 시

날카로운 입술

눈에 거슬리는
그의 모든 언행들이 나를 향해 휘몰아친다
마치 집어삼킬 듯한 격한 언행이
온갖 날카로운 소리로
나의 귓속을 끝없이 울린다

마음처럼 쉽지 않은
불길 같은 소리가 나의 심장을 뛰게 하고
나의 뼛속에 사무쳐 있다
선택의 기로에 서서
사납고 억눌린 입술로 말이다

일그러진 얼굴로
그를 향해 목소리를 높이는 나의 입술은
바람에 나부끼는 낙엽이 되고
점점 이성을 잃어가는
나의 영혼은 꺼져만 간다

음지에 놓여진 자의 모습

나를 노엽게 하는 화살이
그대에게서 하염없이 날아온다

나의 가슴에 꽂힌 화살에
차마 입에 담지 못할 말들이 떠다닌다

볕이 잘 드는 나의 하늘은
그 순간부터 구름이 가득 끼었다

나의 모진 말에 어두컴컴한
음지로 내몰린 나의 모습은 금이 갔다

차갑고 구겨진 모습으로
퇴보의 길에 서 있는 것만 같다

쓸모없는 나무가

세찬 비바람처럼
추스르지 못한 감정들이 몰아친다
그로 인해 당신의 잎새는
여기저기 떨어지고
당신의 가지는 부러져 있다

양분을 얻지 못한
당신의 죽어가는 줄기와 가지들은
스며드는 당신의 생각에
여기저기 뻗어 있고
점차 쓸모없는 나무가 된다

산을 향하여 소리를 질러 보라

가슴이 미어질 듯한
이런저런 분노의 손뿌리들이 자라나고 있나요
산을 향하여 소리를 질러 보세요
한결 마음이 놓일 거예요
잠시 불어오는 바람에 시원해질 거예요

쉽게 떨쳐버리지 못한
이런저런 분노의 응어리들이 타오르고 있나요
산을 향하여 소리를 질러 보세요
한결 마음이 좋을 거예요
사나운 기세가 잠시 잠잠케 될 거예요

분한 감정이 치솟는
비루한 당신의 강렬한 기억들이 결박하나요
산을 향하여 소리를 질러 보세요
한결 마음이 풀릴 거예요
고개를 떨구던 꽃이 잠시 필 거예요

사탄의 미끼

나를 넘어뜨리기 위해
사탄은 나의 빈틈을 항상 노리고 있다
상스러운 나의 감정이 달린
꿈틀대는 미끼로 나를 시험한다

차디찬 입술의 허물로
나의 허를 찌를 음침한 곳으로 유인한다
아주 예리하고 뾰족한 침이
숨겨진 그곳으로 나를 유혹한다

사탄이 손에 쥐고 있는
그 미끼를 절대로 삼키지 말아야 한다
삼키는 순간 침에 걸려들어
극심한 고통에 몸부림칠 것이다

험악한 언성을 높이는
사탄이 놓아둔 미끼에서 벗어나야 한다

그렇지 않으면 사슬에 메여
사탄의 종으로 끌려다닐 것이다

나의 영혼을 억압하는
그 미끼를 절대로 삼키지 말아야 한다
삼키는 순간 파멸의 길에서
도저히 물리칠 능이 없을 것이다

적이라고 생각지 마세요

적이라고 생각되는
나의 작은 말들에 어두워진 그들의 눈
알고 보니 그어진 선이었다
어쩌면 굳게 닫혀진
나를 향한 그의 문이었다
나에게 말을 건넨
내 모습을 갖춘 듯한 그였다

의혹은 더욱 붉거져
그들의 모습은 분노에 차 있는 듯하다
적으로 보이는 나의 말들에
괴성을 지르는 것처럼
그들은 고함 섞인 말을 한다
남의 말 하는 것처럼
그들은 끊임없이 남을 헐뜯는다

사자가 있는 곳에

무시무시한 긴 송곳니를 드러내는
힘세고 날렵한 사자의 울음소리가 들린다
마치 숨통을 끊어 놓을 듯한
아주 사나운 눈빛으로 기회를 엿본다
쉽사리 물러설 수 없는
당신의 어둔 그곳에서 말이다
제발 그곳을 떠나라
용맹을 떨칠 사자가 당신을
무참히 해치리니
제발 그곳에 가지 말라

당신의 창이 깨지리니

쉴 곳을 잃은 새들이
당신이 열어둔 창을 통해 들여다보인다

안식을 저버린 어린 새들이
험한 곳으로 이리저리 날아다닌다

시름을 앓고 있는 당신의
분한 생각에 이끌려 당신의 창이 깨지리니

마음속에 감추고 있는 노를
날아다니는 새들에게 맡겨야 한다

깊이를 더해주는 당신의
투명한 창들이 산산이 깨지지 않을려면

썩어질 열매

극도로 악에 바쳐 있는
흔들림 없는 당신의 눈빛은
당신의 모든 열매를 썩게 하리니
길들여진 당신의 분한 심정을
이제는 내려놓아야 할 때 아닐까요
그렇지 않으면 꼬리를 무는
당신의 우둔한 생각들로 하여금
당신의 무르익은 열매들이
걷잡을 수 없이 썩게 되리니
얼른 거친 숨을 몰아쉬는
당신의 차가운 얼굴을 돌리세요
그렇지 않으면 썩어서
영을 앗아갈 열매가 되리니

+. *⸰ 4 *⸰·+

거짓에 관한 시

빛과 어둠에 있는

내 안에 어둠을 밝히는 빛의 파장들
아직도 빛에 이르지 못한 나의 어둠들로 인하여
그 빛은 내 안에서 점점 어두워져 간다

갈수록 어둠의 길로 이끄는 나의 가려진 것들
버티고 있는 나의 어둠에 끊어진 것
더 이상 형용 못 할 빛과 어둠에 놓여 있다

죄의 줄에 묶여 있는 것은 잃어버린
나의 빛 속에서 나를 부인하고 온갖 속이는 말로
죽어가는 나의 영혼을 어둠에 있게 한다

사라져 간다

나를 감싸고 있는 건
풀리지 않는 낡은 올무의 흔적들과
더 이상 손이 닿지 않는
나의 더러워진 믿음들뿐이다

쉽게 돌이킬 수 없는
나의 숨겨진 것과 상처의 자국들은
아름다운 선율이 담긴
나의 구성진 것과 사라져 간다

겉으로 드러난 것은
믿음을 저버린 나의 어리석음인가
아니면 굳게 서지 못할
나의 미혹되는 사탄의 말인가

심장에 새겨진 나의
온갖 은밀한 말들이 육신의 일보다

한없이 힘들고 어려워
나의 모든 것들이 사라져 간다

그림자가 있는 SNS의 허와 실

영혼을 거두는
구부러진 저들의 길엔
나와 당신의 눈을
멀게 할 그림자들이 있다
허와 실을 갖춘
서로의 그림자 같은
다른 그림자가
서로를 따라다닌다
마치 서로를
더욱 욕되게 하는
SNS의 허황된
그림자가
그를 따른다

보이스피싱의 혀

전화기 너머로
너의 생각을 뜯어먹는
낯선 혀의 소리가 들려온다
현재 나의 상황과 분간할 수 없는
별별 수단과 그럴듯한 논리로 말을 한다

영문 모를 일을
명백히 짚고 넘어가는
당신의 어리석은 행동들은
새빨간 혀의 말에 늪으로 향하고
지금까지 쌓아둔 돈과 모든 것을 낚인다

감쪽같이 속은
당신의 애끓는 심정은
그제서야 겨우 알아차리고
티끌로 돌아갈 실없는 소리들에
당신의 안타까운 목줄은 서서히 조인다

마음이 편치 않은 이유

내가 마음먹기 나름이긴 하지만
우리가 마음이 편치 않은 그만한 이유가 있다

일종의 거울과 같은 자신의 기억들이
뭔가 들켜버리지는 않을까 하는 생각이 깊어서다

자신이 덮어둔 수많은 상처들과
수많은 일들이 삼킬 듯이 밀려오기 때문이다

쉽게 벗어나지 못한 자신의 감추어진
어떤 죄악들로 인하여 정말 감당하기 어려워서다

서로의 얼굴에서 드러나고 있는
불의의 생각이 겹쳐져 불안에 떨기 때문이다

거미의 말

가느다란 도끼눈을 가진 거미가
당신의 머릿속에서 나직하게 속삭인다
비꼬는 듯한 말로 실을 뿜어낸다
거기에 걸려든 당신은 거미줄을 친다
온갖 속이는 말로 그물을 짠다
누군가 꼼짝없이 걸려들기도 한다
영락없는 망측스런 꼴이 되어
서로가 걸리기도 하고 허우적거린다
내가 쳐놓은 그물에 내가 걸린다
그 줄은 거미가 말한 줄이다
우리는 거미의 교묘한 말을 듣는다
내가 거미줄을 치지만 그 줄은
우리의 머릿속에 있는 거미의 것이다
거미는 누구에게나 존재한다
당신의 마음 그늘진 곳에 숨어서
우리를 끊임없이 유혹한다

껍질은 있으나

당신의 마음을 빼앗는
아름다운 색을 입은 껍질은 있으나
알고 보면 손에 잡히지 않는
허상들로 가득 차 있다

누구나 잘 알지 못하는
화려하고 믿음직한 겉모습을 갖춘
그런 껍질은 누구나 있으나
그 속은 누구나 모른다

무모하기 이를 데 없는
가식적인 말과 행동으로 펼쳐놓은
모든 표현과 모든 모습들이
눈을 즐겁게 할 뿐이다

서로가 말하는 껍질은
자신이 필요에 따라 만들어내지만

그 마음은 어둠으로 향하고
갈 곳 잃은 발걸음이다

가지 말라

그곳에는
당신을 미혹하는 소리가 있다
겉으로는 미소요
속으로는 기어코 끌고 갈
끊이지 않는
울음소리가 있다

음부에서
당신을 부르는 부드러운 말이
당신을 점점
취하게 할 것이니
손짓하는
그곳으로 향하지 말라

입술로는
끊임없이 호의를 베풀 것이나
결국에는

깊은 곳에 갇히리니
말로 호리는
그곳에 가지 말라

자기가 꾸며놓은 일

우리는 천사의 낯을 피해
무언가를 꾸미고 있다
둘로 나누어진 거짓된 모습으로
당치도 않은 일을 벌인다

앞으로 닥쳐올 일들은
당신의 마음 한켠에 서있고
천사의 말을 듣지 않는
당신의 모습은 비틀거리고 있다

감추고 있는 당신의 속내
누군가 외쳐대는 소리
이 모든 것들이 나를 괴롭히고
곤경에 빠뜨리고 있다

자기가 꾸며놓은 일들이
나에게 차츰 돌아와

매서운 눈으로 쳐다볼 것이며
당신 주위에 맴돌 것이다

모든 것을 털어놓고
자유케 할 그럴 용기는 없는가
언제까지 꾸밀 것인가
얼른 하늘을 우러러보라

+. *·× 5 *·×·+

용서에 관한 시

푸르게 물든

하루도 거르지 않고
자신에게 불어오는 바람에서
쉽게 벗어날 수 없었던
지난 우리의 힘든 삶이었다면
푸른빛이 스며드는
당신의 꽃을 건네어 보라

지금껏 연을 맺어온
당신의 메마른 잎사귀들이
이젠 하나둘씩 떨어져
푸르른 새순이 돋아날 것이요
평안함을 선사하는
모습으로 물들어 가리라

안개를 헤치며 가라

우리 앞에
안개가 자욱하게 펼쳐져 있다
이런저런 누군가의
깊은 상처로
주위를 둘러싸고 있다

언젠가는
꼭 갚을려는 마음으로 인하여
그 안개는 당신을
덮을 것이니
안개를 헤치며 가라

너의 눈에
안개가 서서히 사라질 때까지
빛의 숨결을 따라
계속 걸으면
결국엔 빠져나오리라

나를 인도하는

나를 인도하는 두 갈래의 길이 있다
하나는 화를 돋우는 길이요
하나는 화를 조금씩 푸는 길이다
과연 당신은 어디로 가는가
더 이상 자신을 억제하지 못할 길인가
아니면 조금씩 내려놓는 길인가
부디 혼신의 힘을 다해 이끌어 가라
틀어진 관계에 놓여있는 나를
함께 공존할 수 있는 길로 향하라
아무도 가지 않을려는 길로
뼈저린 아픔을 딛고 계속 가다 보면
잠시라도 너그러워질 것이요
아침 해가 드디어 밝아올 것이니
정녕 나를 살리는 길로 가라
나를 인도하는 그 길로 향하라

잘못된 것을 올바른 것으로

진심 어린 말들이
그들에게 도움이 되길 바랬으나
도리어 잘못된 것들이
그들에게 자라나고 있었다

시간이 차츰 흘러
그들에게 맺혀 있는 아픈 상처와
나를 향한 이어진 다리
아무도 나에게 오지 않는다

나의 눈을 스치는
험상궂은 그들의 얼굴은 차갑고
뾰족한 그들의 입술은
나의 마음을 쓰라리게 한다

이 모습 이대로는
정말 끊임없이 이리저리 휩쓸려

어딘지 모를 위태로운
어느 후미진 곳에 있게 된다

나와 그들을 위해
새로운 발걸음을 옮기는 빛나는
나의 주옥같은 말들이
올바른 것으로 채워 나간다

씻어내는 일

나의 눈에 지닌 상처가 되는
얼굴들이 묵은 때처럼 묻어 있다
아무리 씻어도 깨끗하지 않은
지저분한 나의 모습으로 남았다

어떤 때는 빨리 씻기도 하지만
대부분 씻는 일을 저버리곤 한다
그렇게 남은 때가 더러워진
나의 모습을 만들어 살게 한다

더럽고 창백해진 나의 모습
어찌 보면 힘마저 잃은 모습이다
그래도 씻는 일을 해야만 한다
조금 더 깨끗해질려면 해야 한다

손잡이를 잡으라

누군가를 용납할 수 없는
당신의 앞바퀴가 당신을 뒤흔든다
모든 것이 한순간에 쓰러져
처절한 몸부림으로 엎드러지는
안타까운 일이 생기리니
당신을 지켜줄 손잡이를 잡으라

나의 핸들에 의해 달려가는
거칠고 위험한 앞바퀴는 어디론가
비탈지고 울퉁불퉁한 곳에
당신의 온몸을 몰고 갈 것이니
쉽게 넘어지지 않을려면
짐을 내려놓고 손잡이를 잡으라

숲 가꾸기

이따금씩 부딪히는 생각들이 무성하다
억누르지 못한 질기고 억센 풀들이 가득하다

마음속에 담아뒀던 생각들이 숲을 이룬다
잎사귀와 나뭇가지에 깃든 생각들이 우거진다

수풀 그늘 아래에 있는 끊지 못한 것과
바싹 말라버린 죽은 가지들을 가꾸어야 한다

형언할 수 없는 아름다운 모습을 갖출려면
웃음을 자아내는 싱그러움으로 살아가야 한다

내 안에 심어놓은 것

내 안에 심어놓은 것이
무엇이냐에 따라 그 열매가 달라진다
싹이 트지 못할 씨앗이거나
다 썩어 빠진 씨앗에 불과하다면
나의 삶도 썩게 될 것이다

누군가를 용서 못 하는 것이 발아되어
갖가지 병든 모습이 자라거나
썩은 열매를 얻기 위하여
나의 삶을 일구지만 몹쓸 짓이다
버려질 자아를 만들 뿐이다

내 안에 심어놓은 것이
썩지 않은 씨앗이 되어야 한다
때 묻지 않은 모습을 갖춘
더욱 푸르른 모습으로
아름답게 성장하고 맺어야 한다

꽃을 피우다

인고의 시간을 견뎌 내어
꽃을 피운다는 건 그리 쉬운 일이 아니다

내 안에서 그치지 않는
가슴 저린 생각들이 나를 괴롭힌다

겨우내 얼고 녹았던 시간
그리고 넌지시 찾아온 봄 햇살을 만났다

나의 마음을 녹여 주는
기나긴 시간을 지나 꽃이 피어난다

모든 헛된 마음을 버리고
향기를 발할 아름다운 자태로 피며 산다

수렁에서 나와야

수렁에 빠져 있는 당신
그곳에서 헤어나오지 못하는가
제발 힘을 잃지 말아라
다 내가 마음먹기 달려 있다
한 걸음 한 걸음 걸어라
아무도 손을 내밀지 아니하여도
내가 내 스스로 일어나라
조금씩 걷다 보면 길이 보일 것이다
절대 포기하지 말아라
있는 힘을 다해 앞으로 나가라
그렇지 않으면 수렁에서
어쩌면 계속 살게 될지도 모른다
그러니 그곳을 나와야 한다

잔에 담긴

적의로 넘쳐나는
도저히 참지 못할 일들이
나의 잔에 채워진다
아주 씁쓸하고 독한 상념들이
나의 잔에 가득 담겨 있다

시간이 흐를수록
점점 올라오는 감정들이
나를 취하게 만든다
따라서 나의 잔에 가득 담겨진
악한 것을 비워내야 한다

원한을 갚기보다는

마음속에서 소멸되지 않는 원한이
악을 쓰며 당신을 움직인다
무언가를 꼭 갚으려는 마음으로
당신을 끊임없이 자극한다

어느 틈에선가 당신에게
문득 찾아온 온갖 악을 품은 원한은
당신을 위험에 빠뜨리기 위해
어두운 곳으로 몰고 간다

어떤 대가를 치러야 하는 걸 잊고
원한이 끌고 가는 대로 가고
끝까지 갚으려는 생각에
억지를 부리며 시간을 허비한다

원한이 이끄는 마음을 떠나
관계가 원수지간이 되어

등 돌린 모습과 상황을 끊어야 한다
오히려 내가 더 힘들다

모든 것 털어놓고 가야 한다
매일 밤 잠 못 이루는
갖가지 생각과 악을 품고 사느니
내가 먼저 다가가야 한다

억울하고 상한 마음이
나를 아프게 하고 분하게 하여도
원한을 갚기보다는
사랑을 주는 게 사는 길이다

사랑에 관한 시

나는 그대를

당신이 가져다준
내 안에 모든 위로가 되는 말들
심금을 울리는 당신의
감미로운 노랫소리만치나
너무도 은혜로워
나는 그대를 사모해요

보석처럼 영롱한
빛을 머금은 당신의 멋진 모습
마치 밤하늘에 수놓은
무수한 별빛처럼 아름답고
너무도 고귀하여
나는 그대를 존경해요

해맑은 모습으로
내 앞에 나타난 신실하신 당신
흘러나오는 음악처럼

당신의 목소리는 향기롭고
너무도 보배로워
나는 그대를 사랑해요

어느 여름날의 수채화

뜨거운 태양이
내리쬐는 야트막한 담장 너머로
눈을 쉽게 뗄 수 없을 만큼
아름다운 그녀가 보인다

어느새 내 마음에
그려진 미소 띤 그녀의 모습은
정원에 피어난 수줍은 백합꽃만큼이나
싱그럽고 향긋하다

그녀가 앉아 있는
모든 배경과 작은 움직임
하나하나들은 심장이 멎은 듯한 나의 가슴에
한없이 아름다운 색으로 채워지고
뽀얀 얼굴빛으로
앵두 같은 입술을 지그시
깨무는 그녀의 모든 표정 하나하나들은

나의 가슴에 한없이
아름다운 색으로 입혀진다

찌는 듯한 불볕
더위 속에서 나의 뺨을 스치는
시원한 바람이 잠시
불어와도 바람의 시원함을 전혀 못 느끼는 것처럼
갈급한 나의 마음은
그녀를 향하여
언제나 끝없이 내달리고 있다

그녀에게 사랑한다는
말을 목청껏 불러 보고 싶은 간절한
나의 마음과 함께
황혼에 물든 저 아름다운
빛깔만큼이나 아름다운 그녀가
나의 마음속에

영원히 머물 수 있도록
그녀와 함께한
나의 모든 시간들을
나의 마음속에
아름답게 채색해 본다

남을 위한 나무는

언제나 한결같은 푸르름으로
오로지 남을 위해서 우거지는 나무는
나뭇가지마다 새들이 깃들어
지저귀는 아름다운 소리로 행복을 전하고
늘 변치 않는 모습으로 그늘진 곳에
쓰러져 있는 자들에게 자신의 푸른 잎사귀로
신록이 무성한 숲을 이루어 간다

길게 뻗어있는 나뭇가지마다
축복이 선명하게 걸려서 기쁨이 되고
한들거리는 잎사귀와 가지는
그늘진 누군가에게 햇살이 스며들게 한다
늘 변함없는 모습과 풍요로움으로
소외되고 널브러진 자들에게 웃음을 건네고
힘을 실어 주는 나무가 되게 한다

베풀어 주신 은혜 감사합니다

늘 풍족하지 못했던
힘에 겨운 나의 삶에 때에 따라서
기름진 음식으로
나의 배를 배부르게 하시고
어려운 나의 형편에
허덕이는 나를
붙잡으시니 너무 감사합니다

내가 죄 가운데로
소경된 눈으로 다닐 때도
죄의 구덩이에 빠지지 않게 하시고
나를 인도하셔서
앞을 제대로 볼 수 없는 나를
앞을 볼 수 있게 하시니
한량없는 은혜 너무 감사합니다

어둠에 사로잡혀

음침한 곳 어딘가에 영원히
갇혀 있어야 할
나의 영혼을 낙원으로 건져 주시고
나의 모든 죄와 허물을
사하여 주시니
이루 말할 수 없이 감사합니다

곡절의 세월 속에서
언제나 나의 피할 평안한 곳이 되시고
마음을 적시는 서러움과
아픔의 시간들을
자비로우신 당신의 빛으로
밝게 비추시니
내가 낫게 되어 너무 감사합니다

당신의 마음

나에게 아무 말을 하지 않아도
당신의 겉모습과 표현이 나를 향하네요

마법처럼 깊게 빠져들게 만드는
당신의 마음이 지친 나의 심령을 일으킵니다

영원히 사라지지 않는 말들이
당신의 마음에서 나와 살아 움직이네요

상한 영혼들을 어루만져 주듯이
당신의 영광스런 모습은 그 마음에 있습니다

나에게 담겨진 당신의 마음이
언제나 그윽한 향기로 남아 기억되네요

하늘처럼 구름처럼

하늘처럼 푸르게 구름처럼 새하얀
생각과 마음과 뜻을 온전히 품어야 한다
누군가에게 상처를 줬던 마음과
내 안에 있는 비뚤어진 생각을 버리고
날마다 화창한 모습을 가져야 한다
남에게 베푼 것이 구름에 가려진다 하여도
항상 푸른 마음을 버리지 말아야 하며
나의 모든 생각과 마음과 뜻을 더욱
햇볕이 잘 드는 곳에 간직해 두어야 한다
하늘에 떠다니는 뭉게구름처럼
남에게 전한 포근한 모습이 이리저리
알 수 없는 곳으로 퍼질지 모르나
내가 어느 곳에 있든지 당신이 가진
아름다운 빛깔을 드러내야 한다
하늘처럼 구름처럼 부드러운 모습으로
언제나 남에게 값없이 주어야 한다

굶주린 자

오랜 시간 아무것도 먹지 못해
뼈만 앙상히 남은 야윈 몸과 팔 다리
부모마저 잃고 버림받은 이들이
먹을 수 있는 것이라곤 아무것도 없다
한 모금의 깨끗한 물도 마실 수 없고
한 조각의 잘 구워진 빵도 먹을 수 없다

한창 돌봐야 하는 어린 형제의
커다란 눈망울에는 절망이 맺혔고
끝없는 굶주림 속에서 여전히
이들이 찾는 것은 먹을 것과 마실 물뿐
아무것도 필요치 않고 아무것도
중요치 않아 누군가의 손길이 필요하다

아프고 힘들어도

그대를 위해서라면 그대가 기뻐한다면
아무리 힘들고 어려워도 아무리 괴롭고 아파도
모든 것 잘 참고 이겨낼 수 있어요
그 누가 뭐라고 하여도 나는 아무렇지 않아요
나에게 억울한 일이 찾아온다 하여도
그대를 향한 손을 놓지 않을게요
지금껏 나에게 전해준 당신의 모든 말이
나에겐 큰 위안이 되고 힘이 되었어요
내가 잃은 것보다 나음을 입었고
내가 짊어진 것보다 오히려 내려놓았어요
아무리 내가 아프고 힘들어도
그대를 위해서라면 견딜 수 있어요
뼈아픈 일이 생겨도 일어나고
무너지는 듯한 마음이 나를 뒤흔들어도
꽃처럼 아름답게 피어날 수 있어요
아무리 아프고 원치 않은 일로
내가 힘들어도 모든 것 참을 수 있어요

+. *:. 7 *:.+

추억에 관한 시

잊으려 해도

너를 떠나보낸 시간들이 간혹 말을 걸어온다
깊어진 시간만큼이나 너의 모습도
조금씩 잊혀질 텐데 아무리 잊으려 해도 쉽게
잊을 수 없고 널 애타게 그리워한다

언제나 상냥하고 속이 깊은 너의 어여쁜 모습에
나는 운명 같은 만남이라 생각했었고
처음 만나는 날에도 첫눈에 반하여 하루 종일
너의 생각뿐이었고 마음이 설레었다

너와 헤어진다면 땅을 치고 후회할 일이었고
평생 잊지 못할 거라 생각했었지만
유난히 너의 앞에서는 한없이 움츠러져서
널 향한 마음을 전하지 못하였다

서울에서 와 너의 남동생과 함께 생활했었으나
내가 말주변이 없어 표현 못 한 것이

이제는 마음이 너무 아프고 널 붙잡지 못해
아직도 나의 마음은 너에게로 향한다

동네 친구들과 모여 재미있는 놀이를 할 때는
너와 새끼손까락을 걸지 못하여
작은 나뭇가지를 마주 잡은 것과 다 생각나
어쩌면 널 영영 잊지 못하는 것 같다

벗과의 추억을 읽으며

따사로운 봄볕이 가득한
어느 봄날, 외투를 입고 길을 나선
아름답기 그지없는
어느 호숫가에서 아득한 추억이 넘실대는
지난 시간들이 가슴 저미는
한 권의 책을 읽는 듯
내 눈앞을 잠시 스치며 지나간다

뜨거운 뙤약볕 아래
개울가에서 천진한 모습으로
짓궂게 장난을 치며 철없이 뛰어놀던 다정했던
벗과의 시간들이
시원한 바람결과 함께 흘러가고
언제나 당차고 똑똑했던
벗의 재미있는 이야깃거리가 저 먼 곳에서
지저귀는 새소리와
함께 내 귓가에 잠시 머문다

속마음을 함께 나누던
심술궂은 벗에게 어느 날 귀가
따갑도록 불평을 늘어놓았을 때처럼 하늘을
떠다니는 저 흰구름들은
나를 향하여 싱긋 웃음을 띠고
빨개진 얼굴로 술이 거나하게 취해 있던 어엿한
대학 시절에는 진정한
나의 벗이 건넨 따뜻한
그의 말 한마디에 서산에 깃든 저
노을처럼 나의 가슴에 깊이 사무쳐 온다

바삐 살아온 긴긴 세월만큼이나
벗의 이름마저
밝게 비추는 저 물결 위에서 아직도 다 읽지
못한 그리운 벗과의
추억은 더욱더 아름답게 반짝이고
우거진 숲 위로 그윽하게

내려앉은 빛바랜 추억의 시간들은 나의
가슴속에서 애틋한 그리움으로
남아 아련한 마음으로
한 장씩 읽어보는
가슴 뭉클한 시간을 가져본다

문득 드는 생각

나의 기억의 서랍 속에 간직되어 있는
생각들을 문득 꺼내보곤 한다

고교 학창시절 미술시간에 나만 홀로 두 팔
번쩍 들고 벌썼던 기억이 떠오른다

평소 내가 눈여겨보고 신뢰를 주었던
단아하고 예쁜 선생님이었다

반 아이들 중에 유독 호기심이 많은 친구가
선생님의 치맛자락을 들춰보았다

그날 나는 그 친구가 몰래 보는 것을
못마땅해 하면서도 지켜봤다

그 친구의 손엔 조그마한 거울이 있었는데
나는 그저 그 친구의 모습만 봤다

한 친구 옆에서 미술을 지도하시던
선생님 뒤를 우연찮게 갔다

선생님의 치맛자락을 훔쳐보던 녀석 옆에
서 있었는데 그때 뒤돌아서셨다

친구 녀석은 선생님이 뒤돌아볼 때
잽싸게 자기 자리에 앉았다

뭔가 불쾌한 느낌을 감지하셨던 선생님이
나를 불러 일으켜서 벌씌우셨다

수업시간 마칠 때까지 어깨가 쓰려
안간힘을 쓰며 참아야 했다

종이 울리자 선생님은 말도 없이 나가시고
나는 너무 억울하고 창피했었다

지금은 지나가 버린 시간에 있지만
한때 느꼈던 마음을 그린다

그대와 함께했던 시간들이

어릴 적 그대와 거닐던 길에선
그대의 발자취가 남아 있고
그대와 함께 다녔던 학교 교실에선
그대의 모습이 남아 있다

두 손 꼭 잡고 함께 걷고 싶었으나
망설이다 끝내 혼자 걸었고
다른 남자 친구랑 있는 모습은
무척이나 질투가 났었다

그대가 한동안 머물다 간 옛집에선
곳곳에 그리움이 묻어나고
그대와 작별 인사를 해야 했던
아픈 시간이 무너져 있다

그대에게 다가가는 게 너무 힘들어
담벼락 틈새로 그대를 보았고

그대를 물끄러미 바라보는
나를 그대는 깔깔대며 웃어댔다

감꽃이 피어 있는 그 계절에
그대의 동생과 셋이서 술래잡기를
정신없이 하던 중 남동생이
감나무에서 떨어져 너무 아팠다

남동생을 향하여 크게 울던
그대의 슬픈 모습이 나의 눈에서
마지막 모습으로 남아서
그대와 함께했던 시간들이 스친다

보고 싶다

길가에 피어 있는 예쁜 꽃향기처럼
향기를 불러오는 나의 교회당 친구들이
흘러간 세월 속에서 아른거린다

그 옛날 몸 된 교회에서 함께 뒹굴며
기쁨과 웃음을 나누었던 친구들의 모습이
광야 같은 세상을 떠나 살게 한다

기타 소리에 맞춰 함께 손뼉을 치고
목청 높여 크게 노래를 불렀던 친구들이
나의 귓가에 맴돌아 즐거워한다

단 한 번도 서로 나쁘게 굴지 않았던
언제나 허물없이 훈훈했던 관계였었기에
더욱 친구들의 모습이 보고 싶다

소쩍새 울음소리

나의 마음을 쉬게 하는
고향에 대한 정겨운 소리가 들려온다

누군가에겐 구슬픈 소리로
처연하게 울어댄다고 생각할지는 모르나
나에겐 고향에 대한
그리움과 아름다운 추억으로
가득 어우러져 들려온다

인적이 드문 한적한 시골 마을에
흐드러진 논과 밭이
펼쳐져 있었던 나의 고향

산자락 밑에 처마와 굴뚝이 보이는 집이
내가 나고 자란 집이다

이른 아침 곤한 눈을 비비며

힘없이 일어나면 동트는 하늘이 있고
정성껏 손수 만드신
어머니의 된장찌개 한 수저에
온 가족이 허기를 달랜다

해가 저물어 어둠이 드리워지면
밤이 새도록 들리는
소쩍새 울음소리가 있다

자연을 벗삼아 자라온 고향의 모습들이
아름답게 들려온다

이성의 선물

교복을 멋스럽게 차려입은
키가 꽤나 훤칠하고 이목구비가 뚜렷했던
나의 늠름한 고등학생 때의 모습에
흔들려서 가슴에 와 닿았을까
발렌타인데이 때가 되면 갑자기
친구가 대신 받은 이성의
아기자기한 선물 꾸러미를 받았다
도대체 누가 보냈을까 궁금해
교실 밖을 내다보니 한 여학생이 있었는데
교실 문 앞에서 머뭇거리고 있었다
어디선가 낯이 익은 듯했고
어떤 때는 낯선 여학생이었고
이렇게 받은 때만 해도 몇 번인 것 같다
주로 사탕과 초콜릿이 가득 담긴
선물과 함께 은밀히 발하는
뭔가 수줍은 듯 선뜻 말을 못하는
이런저런 감정의 유희들이

저마다의 모습 속에 가득 담겨 있었다
각각의 그런 모습이라 하여도
나의 마음을 움직이기엔
끝이 없이 멀고 벅찬 길인 것처럼
쉽게 다가갈 수 없는 길이었고
나의 마음이 전혀 열리지 않는 길이었다
그렇게 끝나버린 시간이
지금은 향긋한 선물이 되었다

왜 용기가 없었을까

너가 떠나는 날
집집마다 일일이 찾아가서
두 손 모으고 깍듯이
인사하는 너의 예의 바른
모습을 잊을 수 없다

내가 왜 너에게
인사 한마디 못 했을까
너와는 전혀 다른
진지하고 너무 소심해서일까
하필 그때 집에 놀러온
사촌형이 있어서
너에게 다가가지 못했다

인사를 건네고
뒤돌아서며 집 밖을 나서는
너의 뒷모습을 보니

후회가 밀려와서
나의 마음은 무너졌다

허탈한 마음과
쉴 새 없이 요동치는 널 향한
온갖 못다 한 말들이
내 안에서 절절히 외치고
부디 행복하라는
말과 함께 연락하라는
말을 왜 못했을까

널 떠나보내고
덩그러니 남아 있는 내 마음
너의 모습이 내 앞에서
손에 잡힐 듯하나
넌 이미 내 곁에 없다

너와 함께 나눈
수많은 시간들과 아름다운
모습들이 아득히 먼
곳에 있는 것처럼
지난 모든 일이 꿈결 같고
용기를 못 내어
나는 너무 아프다

나의 기도

내가 성인이 되지 않은 때에
내가 의지했던 신에게
무릎 꿇고 간절히 기도했던 순간을
아직도 어렴풋이 기억한다

평생 결혼을 하지 않고
그를 위해 살겠다고 기도했던
지난 나의 모습 때문인지
지금까지 혼인한 적 없이 살아왔다

정말 나의 기도에 대한
응답을 하셨는지는 모르나
모든 게 그대로 이뤄져
나아가고 있는 것처럼 느껴진다

그를 위해 살지 못할 때가
더 많았던 것 같은데

나를 내버려 두지 않으시고
나의 길을 곧게 하시니 감사합니다

여전히 고치지 못하여
시간을 헛되이 보내지만
죄에 사로잡혀 있는 나를 푸시고
그의 뜻을 이루길 원합니다

내가 내 스스로를 믿고
살아가는지는 알 수 없으나
어찌 됐든 나는 그에게
향기 나는 신자이길 온전히 바란다

가시밭길 같은 삶을
살아간다 하여도 그 길을
평안히 건너게 하시고
그를 위한 열매를 거두게 하소서

양들이 물을 찾아가듯
많은 심령들이 그를 만나서
생명수를 마시게 하시고
그와 함께 영원히 살길 기도합니다

친구와의 약속

서로 다른 고등 수업을 마치고
우연히 집으로 귀가하던 중 들녘 어딘가에서
친구를 만나 먼 훗날에 대해 나눴다

우리가 많이 커서 중년의 때에
만나자고 복사까지 하며 굳은 약속을 했다

나의 표현에 고개를 끄덕이는
절친한 친구의 모습이 많은 시간의 흐름 속에
자꾸만 떠올라서 눈물로 우러난다

너와 약속한 지도 어언 30년의
길고 긴 서로의 인생이 녹아든 해가 왔다

모난 구석이 없는 풋풋한 너
언제나 기대를 저버리지 않았던 너의 모습이
마음에 새겨진 약속으로 다가온다

+. *.× 8 *.×.·+

희망에 관한 시

꿈을 키워라

가슴을 펴고 꿈을 키워라
나이가 많고 적음은 중요하지가 않다

내가 관심이 있고 잘하는 것을
택하여 씨앗을 심고 지극정성으로 실력을 키워라

나의 가능성을 믿는다면
누구나 충분히 그 꿈을 향유할 것이다

세상 모든 풍파에 굴하지 말고
나의 꿈이 무엇을 원하고 말하는지 귀를 기울여라

시간을 쪼개며 숨 가쁘게
달려간다면 좋은 결실이 있을 것이다

모든 사람들의 모습은 같다

당신이 떨어뜨린 못난 모습들이
누군가에게 상처가 되어 곳곳에 널리 퍼졌다

당신을 향한 믿음과 환호가 사라지고
온갖 조롱과 외면과 수치가 당신에게 점점 다가온다

하루아침에 모든 것이 무너지고
좌절과 절망만이 남아 당신을 떠나지 않는다

당신을 묶어놓은 온갖 사슬로 인하여
당신의 모습은 실의에 빠졌고 버림받았다고 여긴다

당신의 모습처럼 사람의 모습은
누구나 잦은 상처와 못난 모습으로 가득하다

당신을 괴롭히는 줄지어 선 미물들이
당신을 힘들게 하나 저들은 자신의 모습에선 어둡다

모든 사람들은 같은 모습이므로
상처를 겸허히 받아들이고 헤쳐나가면 된다

아침이 전하는 말

어젯밤 별빛에 스르륵 잠이 든
아름드리나무 잎사귀에는 푸르게 갠 아침이 있다

극성스럽게 내리던 궂은비로
실낱같은 희망은 아침 햇살에 찬란하게 비춰진다

새들의 지저귐에 가지에 깃든
오묘한 말들이 나를 일깨우는 아침으로 들려온다

피어나는 봄

차디찬 어느 계절을 지나
나에게 찾아오는 모든 아픔을 견디며
봄을 기다리는 자에겐 끝내
당신이 그토록 바라던 일들과 꿈이
아름답게 피어날 것이니
이를 악물고 나를 뒤덮은 눈과
모든 추위를 이겨내고
꿈에 그리던 봄을 기다려라

밤하늘엔 별이 빛나고

광활한 밤하늘이
아름다운 건
셀 수도 없는 수많은 별이
빛나기 때문이다

앞을 볼 수 없는
어두컴컴한
세상을 살아간다 하여도
별을 품은 자들은
세상에서 더
아름답게 빛난다

내가 쉼 없이
열정을 다해 달려가나
내가 찾는 것을
얻지 못한다 하여도
그 모습 그대로

더 아름답게
빛나고 있는 것이다

우리의 삶이
별처럼 빛나지 않는다면
우리 앞에 어둠이
비켜서지 않을 것이다

내 안의 별을
지나쳐 버리지 말고
그 별을 향하여
끝없는 날개를 펼치고
드넓은 하늘로
날아올라야 한다

승리의 깃발

내가 서러웠던 시간들도
내가 한없이 주저앉은 시간들도
모두 다 저 먼 곳에 사라지고
나의 가슴을 쓸어내릴 날이 다가온다

내가 그토록 목말라하고
내가 그토록 이루고 싶었던 것을
그때서야 기쁨에 겨워하며
눈물 씻을 날이 나에게 곧 올 것이다

영광스런 당당한 자태로
나와 모든 싸움에서 이긴 깃발이
우리 앞에 견고히 서 있으며
아주 빛나는 모습으로 휘날릴 것이다

함정에 빠졌나요

숨 트일 틈새가 없는
차가운 숨결이 당신을 에워싸고
뜻하지 않은 일에 빠져서
전부를 잃은 것처럼
고통에 허우적거리나요

인내심은 바닥나고
능히 일어서지 못하는 상황에
조금도 꼼짝할 수 없어
숨이 막힐 지경이나
그래도 힘을 잃지 말아요

내 안에 한 줄기 빛과
모든 것을 무릅쓰고 딛고 이겨낼
용기만 있어도 얼마든지
당신은 그 함정에서
빠져나올 수 있을 거예요

당신을 질끈 동여맨
이런저런 아픔과 절망 속에서
결코 빛을 잃지 마시고
하늘을 향해 아뢰면
밧줄이 내려올 거예요

선인은 없다

아름다움의 정점인 울창하고
싱그러운 숲들도 철을 따라 변한다

새싹이 돋아나는 야무진 얼굴일 때가 있고
진실되고 흠이 없는 모습인 마냥
잎이 무성하게 녹음이 우거질 때가 있다

타고난 천성과 인품을 소유한
사람의 모습은 숲의 운치를 말한다

품위가 넘쳐나는 어떠한 점잖은 모습으로
세상에서 온갖 이목을 끌지라도
숲속 어딘가에는 썩어지는 뿌리가 있다

낙엽이 지고 계절이 바뀌어서
앙상한 나무가 되면 선을 기다린다

빛을 보게 하소서

초판 1쇄 발행 2023년 12월 22일

지은이   노을진
펴낸이   이기봉
편집   좋은땅 편집팀
펴낸곳   도서출판 좋은땅
주소   서울특별시 마포구 양화로12길 26 지월드빌딩 (서교동 395-7)
전화   02)374-8616~7
팩스   02)374-8614
이메일   gworldbook@naver.com
홈페이지   www.g-world.co.kr

ISBN   979-11-388-2563-4 (03810)